Hast du den Wind gesehen?

Hast du den Wind gesehen?

Kathleen Crawford
Illustriert von Jane Cope

oncken

Eines Nachts, als alle Menschen in ihren warmen Betten schliefen, kam ein starker Wind auf.

Er fegte um die Kamine.
Er rüttelte an den Briefkästen.
Er heulte durch den Wald.

In einer kleinen Hütte schliefen ein alter Mann und seine Frau.

Der Wind blies und blies.

Die gestreifte Katze der beiden alten Leute schlief nicht.
Ihr standen die Haare zu Berge.
Sie hörte den Wind, wie er um die Mauern strich. Er heulte und pfiff.
"Schrecklich!" miaute sie. "Wie kann man in solch einer Nacht schlafen?"

Am nächsten Morgen war die Katze zornig. "Es reicht!" sagte sie.
"Ich werde losgehen und den Wind suchen.
Und ihm sagen, was er alles angerichtet hat."

Sie sah die kleinen Wellen in der Pfütze. "Dafür ist der Wind verantwortlich", dachte sie. Ein großer Hund kläffte sie an.

"Was willst du hier?" knurrte er.

"Hast du den Wind gesehen?" fragte die Katze.

"Nein", bellte er heiser. "Aber ich kann mit dir kommen und helfen, ihn zu suchen. Siehst du, wie sich dort drüben die Bäume biegen und schütteln?

Da muß der Wind sein."

So liefen die Katze, der Hund und das Eichhörnchen den Feldweg in Richtung des Hügels weiter. Auf einer Wiese grasten Schafe. "Habt ihr den Wind gesehen?" fragten sie die Schafe.

"Nein", blökte das Schaf, das am Gatter stand.
"Aber ich kann mit euch kommen und euch helfen,
nach ihm zu suchen. Schaut, wie die Wolken über
den Himmel ziehen. Wir müssen ganz oben auf den Hügel hinauf.
Dort wird der Wind sein."

Also stiegen die Katze, der Hund, das Eichhörnchen und das Schaf bis oben auf den Hügel. Unten im Tal entdeckten sie den See. Boote schossen über die Wasseroberfläche.

"Schaut, wie die Segel gebläht werden", sagte das Schaf. "Der Wind muß doch unten im Tal sein."

Sie rannten, so schnell sie konnten, den Hügel hinunter.
Unten auf dem See schwamm eine Ente in der Nähe des Ufers.
"Hallo!" riefen sie der Ente zu. "Weißt du, wo der Wind ist?"

"Ich fürchte, nein", schnatterte die Ente. "Aber ich kann mit euch kommen
und euch helfen, ihn zu suchen.
Da hinten auf dem Feld steht eine Vogelscheuche.
Der Wind hat ihr gerade den Hut vom Kopf geblasen. Dort wird er sein."

So gingen die Katze, der Hund, das Eichhörnchen, das Schaf und die Ente über das Feld. Einige klatschrote Mohnblumen schaukelten und bogen sich auf ihren dünnen Stengeln.

Kleine Feldmäuse suchten hastig nach Nahrung. "Habt ihr den Wind gesehen?" fragten die Tiere.

"Nein", flüsterten die Feldmäuse.
"Aber in dem Wald dort drüben steht eine mächtige Eiche.
Eine weise alte Eule wohnt dort. Sie müßte es wissen.
Wollt ihr, daß wir euch den Weg zeigen?"
"Ja, bitte", antworteten die Tiere müde.
Sie hatten schon einen langen Weg zurückgelegt.

Die Katze, der Hund, das Eichhörnchen, das Schaf und die Ente folgten den Feldmäusen in den Wald.

Hoch oben in einer alten knorrigen Eiche wohnte die weise Eule.

"Huhuh! Huhuh!" heulte die weise Eule.

"Was wollt ihr? Ihr stört meinen Schlaf!"

"Entschuldige bitte", sagten die Tiere.

"Weißt du, wo der Wind ist?"

"Wir haben überall nachgesehen.
Er hat Wellen auf die Pfützen geblasen,
die Bäume geschüttelt,
Blätter von den Bäumen gerissen,
Drachen in die Luft gehoben und
Segelboote über den See geschoben.
Er hat sogar der Vogelscheuche den Hut vom Kopf geblasen."

Schließlich meldete sich die Katze zu Wort:
"Vergeßt nicht, was für einen Lärm er in der letzten Nacht gemacht hat."

Die alte Eule hörte geduldig zu.
"Hört!" antwortete sie dann.
"Niemand hat jemals den Wind gesehen.

Ihr könnt den Wind hören.
Ihr könnt fühlen, wie der Wind um euch herum bläst.
Ihr könnt sehen, was der Wind mit den Bäumen, Drachen und Segelbooten macht.
Aber ihr werdet niemals herausbekommen, woher der Wind kommt und wohin er geht.
Es gibt Dinge, die versteht allein Gott. Und jetzt laßt mich schlafen."

Die Tiere nickten zufrieden. Sie waren alle sehr müde, vor allem die Katze, die den weitesten Weg gehabt hatte. Sie dankten der weisen alten Eule und machten sich auf den Heimweg.

Als letzte erreichte die gestreifte Katze ihre Zuhause.
"Wo kommst du denn her?" fragten der alte Mann und die alte Frau,
während sie der Katze eine Schüssel mit herrlich sahniger Milch hinstellten.
Die Katze schleckte die ganze Schüssel aus, streckte sich
und verkroch sich in ihrem Korb am warmen Feuer. Sie schlief sofort ein.
Sie war zu müde, um ihnen alles zu erzählen.

Die englische Originalausgabe
erschien 1994 bei Tamarind Book
in Zusammenarbeit mit
Scripture Union, London, England

Übersetzung: Ehrenfried Conta Gromberg

ISBN 3-7893-7743-0

Satz: Somnitz/Conta Gromberg und
vom Schemm & Müller GmbH, Solingen
Printed and bound in Singapore